| I.re ANNÉE de leur mise en service. | | Numéro des Effets. | DÉSIGNATION DES EFFETS. | DATES DE LA RÉCEPTION des Effets. | AN ÉPOQUES des Revues, et Quantité | | | |
| --- | --- | --- | --- | --- | --- | --- | --- | --- |
| Trim. | Année | | | | 1.er trim | 2.e trim. | 3.e trim | 4.e trim |
| | | | *HARNACHEMENT.* | | | | | |
| | | | Une Selle complète. . . | | | | | |
| | | | Une Bride complète. . | | | | | |
| | | | Un Filet. . . . . . . | | | | | |
| | | | Un Bridon d'abreuvoir. | | | | | |
| | | | Un Licol de parade. . | | | | | |
| | | | Un Licol d'écurie. . . | | | | | |
| | | | Une Couverture. . . . | | | | | |
| | | | Une Schabraque en drap | | | | | |
| | | | Une Schabr. en péau n.re | | | | | |
| | | | Une Longe en fer. . . | | | | | |
| | | | *ÉQUIPEMENT.* | | | | | |
| | | | Un Manteau. . . . . . | | | | | |
| | | | Un Porte-Manteau. . . | | | | | |

# BAUDOUIN,

## EMPEREUR.

Yth
1805

# BAUDOUIN,

## EMPEREUR,

TRAGÉDIE EN TROIS ACTES ET EN VERS;

PAR

NÉPOMUCÈNE LOUIS LEMERCIER.

> Pallida mors æquo pulsat pede pauperum tabernas
> Regumque turres.          HORAT.

A PARIS,

Chez Léopold COLLIN, Libraire, rue Gît-le-Cœur, n.° 7.

DE L'IMPRIMERIE DE DIDOT JEUNE.
1808.

# AVERTISSEMENT.

Il est déjà trop malaisé de réussir au Théâtre Français devant un parterre sans préventions et libre de cabales, pour se flatter d'un succès certain, quand on y donne une tragédie précédée par des opinions défavorables, jetées même au hasard. Il faudrait au moins être soutenu par les espérances et le zèle d'acteurs qui aimassent leurs rôles, pour surmonter les obstacles qui ferment aujourd'hui à quelques auteurs la carrière dramatique. Cet appui me manque, en partie, pour garantir mon ouvrage de tout échec : la publicité des jugemens répandus par les Comédiens en rendrait maintenant la représentation plus orageuse qu'une autre.

Je ne prolongerai donc point leurs peines, ni n'abuserai encore de leur temps. S'ils reconnaissent ce que me coûte leur légère indiscrétion, ils ne forceront pas d'autres hommes de lettres à la mesure de prudence que je prends.

En imprimant ce travail, trop annoncé pour le retirer sans expliquer mes motifs, je le soumets à ses plus dignes juges, le public, et les écrivains éclairés. Il me suffirait de nommer ceux d'entre eux qui m'encourageaient à le produire sur la scène, pour qu'on avouât que j'avais raison de le tenter d'après leur suffrage honorable. N'est-ce pas à ceux-là qu'il convient de prononcer sur les difficultés littéraires? n'est-ce pas le seul vrai tribunal des ouvrages?

Il est dit dans l'histoire des Croisades que la comtesse Marie mourut de joie le jour que Baudouin, son époux, lui fit savoir qu'elle était reine. Tel est le fondement du sujet que j'ai développé : il m'a semblé grand par l'époque des triomphes de nos pères à Constantinople, par les loyaux sentimens d'un chevalier plus amant que roi, par le caractère du fameux Dandolo, vieux doge, martyr inébranlable des lois, et chef de l'entreprise des Croisés, et par la puissance de la nature et de la mort, qui terrassent d'un coup nos fragilités et nos illusions orgueilleuses.

« Le vrai peut quelquefois n'être pas vraisemblable ».

Le souvenir de cette maxime, et les avis judicieux m'ont contraint à changer la cause simple de la catastrophe : j'en ai tiré le dénouement du sujet, parce qu'elle offre une péripétie frappante, morale, et neuve.

La sainte que j'ai introduite au milieu de mes

personnages rappelle les superstitions du treizième siècle et m'aide à le peindre. C'est une sœur de ma Cassandre : j'ai pensé que cette chrétienne produirait, par son abnégation de tout et l'humilité de sa foi, autant d'effet que la Pythonisse par l'exaltation du trépied de son Dieu.

Les lecteurs suppléeront à ce que la pompe du spectacle et des costumes de cet âge, et les talens de quelques acteurs, eussent ajouté à la solennité de l'événement tragique.

# PERSONNAGES.

BAUDOUIN, comte de Flandres, chef des Croisés.
DANDOLO, doge de Venise, vieillard aveugle.
MARIE, femme de Baudouin, nièce de Philippe-Auguste.
ATHANASIE, solitaire chrétienne.
HENRI, comte de Hainault, frère de Baudouin.
UN OFFICIER de l'armée des Croisés.
AGLÉ, femme de la suite de Marie.
PEUPLE, GUERRIERS, PRÊTRES, COURTISANS.

La scène se passe à Constantinople. Le théâtre représente un vestibule ; un grand rideau en couvre le fond, et lorsqu'il se lève, on voit l'intérieur du temple.

# BAUDOUIN,
## EMPEREUR.

## ACTE PREMIER.

### SCÈNE PREMIÈRE.

BAUDOUIN, DANDOLO, HENRI, Chevaliers, Soldats.

BAUDOUIN.

Vertueux doge, ô vous de qui l'ardent courage
De quatre-vingts hivers semble ignorer l'outrage;
Qui dirigez la guerre, étant privé des yeux,
Conduit par la sagesse, heureux flambeau des cieux;
Vous, de qui la pensée et la longue mémoire
D'un regard étendu suit partout la victoire;
Aveugle surveillant, qu'éclaire un esprit sûr,
Comme au sein d'une nuit rayonne un astre pur :
Dandolo, montrez-vous aux héros de la France,
Qui par vos seuls conseils triomphent dans Bysance:
  (*Aux guerriers.*)
Et vous, ne souillez point votre éclat valeureux.
Nobles soldats, il sied aux Français généreux
De rassurer les murs qu'ont effrayés leurs armes.
Vainqueurs des nations, épargnez leur des larmes,

Et plaignez du pays les tristes habitans,
De chefs ambitieux victimes en tout temps.
N'est-il pas trop fatal pour les villes troublées
Que des camps enrichis le passage a foulées,
De subir tant de jours le désordre odieux
Qui suit de nos succès le cours victorieux ?
Parmi vous, m'a-t-on dit, car je répugne à croire
Qu'à ce point mes guerriers aient pu flétrir leur gloire,
De quelques vagabonds le pillage insolent
Dépouille les foyers de leur hôte tremblant ;
Vous aimez trop la loi pour l'avoir offensée :
Vengez-la donc : vengez la charité blessée.
Les Grecs armés, d'abord étaient nos ennemis ;
Ne les haïssons plus quand ils se sont soumis.
Vous savez que la mort suit le vol et l'outrage ;
La guerre, mes amis, n'est pas le brigandage.
Allez, et que Bysance, oubliant sa terreur,
Attende en paix le choix d'un nouvel empereur.

## SCENE II.

### BAUDOUIN, DANDOLO, HENRI.

DANDOLO.

Courageux Baudouin, mon oreille est charmée
D'entendre vos leçons, modérant notre armée,
Rappeller aux soldats que la sainte pitié
Doit succéder aux coups de leur inimitié.
Les Grecs, dont en nos mains le ciel remet l'Empire,
Ne craindront plus le chef que nous voulons élire,

Si, porté dans le trône où régna Constantin,
Vous commencez le sort du royaume latin,
Vos aimables vertus, garans de sa durée,
Y fonderaient bientôt l'humanité sacrée.

BAUDOUIN.

Noble doge, est-ce à moi qu'on a lieu de penser,
Pour rendre un chef au trône où l'on peut vous placer?
De ce choix avec vous, les suprêmes arbitres,
Si vous vous oubliez, oubliraient-ils vos titres?
Vertueux Dandolo, c'est vous seul dont la voix
Sut allier Venise aux vengeurs de la croix.

DANDOLO.

Ne vantez pas du sort un instrument fragile,
Ces restes d'un mortel qui brûla d'être utile,
Et qui dans ce projet consumant ses esprits,
Au milieu de vos camps traîne encor ses débris.
Puisse à la paix de tous ma vie être immolée!
Seigneur, en ce moment, je quitte l'assemblée:
L'esprit des électeurs, flottant sur trois de nous,
Balance encor le choix qui fait tant de jaloux.
De tous les chevaliers qu'à la voix de l'Église
Portent dans l'Orient les flottes de Venise,
On compare les droits, le pouvoir, les travaux;
Il ne vous reste plus qu'à vaincre deux rivaux;
L'un est de Montferrat le prince magnanime;
Et l'autre enfin, qu'étonne un tel excès d'estime,
C'est moi-même, Seigneur; mais la paix de ces bords
Nous commande aujourd'hui de hâter nos efforts.

Le peuple de Bysance ouvre une oreille avide
A cent noms répétés par la brigue perfide :
En vain dans une année a-t-on vu le trépas
Des Comnènes sanglans et de l'affreux Ducas ;
La fin de ces tyrans ne glace point les ames ;
Des partis mal éteints on rallume les flammes,
Et les voisins jaloux s'efforcent dans ces murs
A s'asservir des Grecs les empereurs futurs ;
Triste agitation d'une ville sans maître !
Le feu de la discorde est tout près d'y renaître :
Il est temps de calmer tout l'État incertain,
En nommant de Bysance un digne souverain.

BAUDOUIN.

Le doute, en un tel choix, ne peut être durable ;
Vos vertus que décore un âge vénérable,
Dans l'Occident ému vos services passés
Doivent à l'Orient vous signaler assez.
Mon frère, dans nos camps, on se souvient encore
Qu'à l'heure où tes soldats, franchissant le Bosphore,
Du château de Bysance attaquaient les soutiens,
Non loin des vaisseaux grecs, sur le plus haut des siens,
Dandolo, gouvernant sa descente soudaine,
Fit du port assiégé couper l'immense chaîne ;
Et calme sous les feux pleuvant de tout côté,
Opposant à la mort son intrépidité,
N'évita les horreurs d'un homicide orage
Qu'en l'osant traverser par le plus prompt passage ;
Les cris de la fureur, le sifflement des dards,
N'arrêtaient point le vol de ses fiers étendards :

Surpris de tant d'exploits, alors qu'on se rappelle
Ce même Dandolo, plein d'inflexible zèle,
De son sénat ici jadis ambassadeur,
Bravant de Manuel l'insolente grandeur,
Fier, et ne cédant rien à sa fureur prévue,
Devant l'airain ardent dont on brûla sa vue!
Lui qui, devenu doge, est l'exemple des rois,
Qui, de sa République a fait fleurir les lois,
Et dans Rialte, encor flottante en ses lagunes,
Assied cette puissance unie à nos fortunes,
Cette riche Venise à nos états divers,
Par son vaste commerce, ouvrant les ports des mers!
On admire ce sage, et tout veut qu'on le nomme.
Nous, un serment nous lie au pontife de Rome;
De régner sur les Grecs la noble ambition
Trahirait notre vœu de délivrer Sion.
Bysance espère un chef qui veille en ses murailles,
Et les champs syriens, théâtre des batailles,
Appellent au secours des chrétiens languissans,
La force de nos bras et l'ardeur de nos ans.

HENRI.

Quel que soit le chrétien qui règne ici, mon frère,
Aux saints engagemens ce n'est pas se soustraire,
D'enlever au desir d'ennemis dangereux,
Le sceptre des Latins qui naît du sang des preux.
Par l'Europe aujourd'hui l'Asie est assiégée :
Tous les bords de l'Euxin et de la mer Egée,
Du nouvel Empereur attendant les décrets,
Vont à son gré suspendre ou hâter nos progrès :

Si de l'onde à nos pas les routes sont fermées,
Les renforts de soldats, l'aliment des armées,
Vaisseaux, armes, tout peut nous manquer à-la-fois :
Et de Venise même inquiétant les droits,
Des pirates nombreux l'approche incendiaire
Peut détourner long-temps sa flotte auxiliaire ;
Mais que le prince élu monarque sur ces bords
Doive et paie aux Croisés le tribut de ses ports,
Leur prodiguant au loin ses bras et sa richesse,
Sa force en paix assise au milieu de la Grèce
Sous le nom d'Empereur seule combattra mieux
Que d'un zélé héros le fer victorieux.
Un de nos compagnons a la même pensée,
Mon frère, et contre toi sa ligue intéressée
Publie en ce séjour que d'un bord trop lointain
La Lys ne t'enverrait qu'un secours incertain,
Si des Grecs mutinés la redoutable audace,
Si le Barbare encor descendu de la Thrace,
Un jour sur le Danube et l'Hellespont troublé,
Accourait assaillir ton empire ébranlé :
La Flandre, le Hainault, lieux de notre puissance,
A ton élection opposent leur distance :
C'est l'avis qu'en secret Montferrat a donné,
Lui qui, rival prudent.......

BAUDOUIN.

       Veut être couronné ;
Mais si pour Dandolo, tout prêt au sacrifice
D'un sceptre qui convient à ma main protectrice,
A son titre nouveau je consens d'applaudir ;

Je verrais tristement Montferrat s'agrandir :
Oui, pour la sûreté de l'État qui se fonde,
Si du Nord où l'Escaut roule en nos champs son onde,
Il craint que les secours ne soient lents à ma voix :
Moi, j'ai peur que, trop prompt à nous dicter des lois,
Seul possesseur des mers où se lève l'aurore,
Dominant votre golphe, ainsi que le Bosphore,
Il n'opprime Venise, et n'obtienne l'appui
De l'Italie entière alliée avec lui :
Car ne nous flattons pas que la piété même
Le modère en ses vœux, s'il prend le diadême.
La foi, qui vers Sion dirigeait notre essor,
Ne tend plus qu'au butin, à la puissance, à l'or ;
Voilà, voilà l'objet de notre jalousie,
Plus que le bois sacré qu'on dispute en Asie.
Ne soumettons donc pas au pouvoir d'une main
Le commerce acheté des flots du sang humain.
Mais, que dis-je ? sur moi qu'il ait la préférence,
Peut-il avec le doge entrer en concurrence ?
Non, des douze électeurs nommés pour nous choisir
Six, nés Vénitiens, rempliront mon desir,
Et sans peine leur voix feront dans le partage
Tourner vers Dandolo le plus nombreux suffrage.

DANDOLO.

J'entends votre soupçon ; les six Vénitiens
Pourraient m'être attachés par de secrets liens ;
Mais, Seigneur, peu jaloux de ceindre un diadême,
J'ai, sur un tel honneur, parlé contre moi-même.
Chef d'une République, et sujet de ses lois,

Je ne puis me vêtir de la pourpre des rois :
L'étroite liberté que son sénat lui donne
Sur ses vieux fondémens craindrait d'asseoir un trône;
Elle perdrait sa forme, étendant ses confins :
Et loin, si je régnais, d'affermir ses destins,
Transportant malgré moi, par ma folle entreprise,
Venise en mon Empire, ou l'Empire en Venise,
Je la réunirais en efforts superflus,
Et dans mes grands États l'État ne serait plus.
C'est contre un tel danger qu'elle arme, au sein de l'ombre,
De ses inquisiteurs la politique sombre,
Qu'un fer levé la nuit menace les complots,
Que la mer s'ouvre au crime étouffé dans ses flots,
Et que même une obscure et triple vigilance
Glace nos surveillans surveillés en silence.
Ne croyez pas pourtant que ses bourreaux muets
Répriment dans mon cœur d'infidèles souhaits :
Un vieux respect m'attache aux mœurs de ma patrie :
Et je ne pense pas, l'ayant toujours chérie,
Ajouter quelque lustre à mes quatre-vingts ans,
Si le bandeau royal orne mes cheveux blancs,
Ni que cette parure, aux regards de l'histoire,
Des civiques lauriers rehausse en moi la gloire :
Ma fierté veut briller sans pompeux appareil.
Adieu! pour faire un roi, je retourne au conseil.

( Il sort avec un guide. )

## SCÈNE III.

## BAUDOUIN, HENRI.

### BAUDOUIN.

Heureux pouvoir des mœurs ! admire en sa vieillesse,
De ce grand citoyen la superbe noblesse,
Qui fidèle aux vertus de ses dignes ayeux,
En laissera l'exemple à ses fils glorieux,
Et perpétue ainsi, par d'antiques usages,
L'attachement aux lois des républiques sages !
Je voudrais l'imiter, et soldat de la foi,
Le nom de souverain a peu d'attraits pour moi :
De ma seule valeur fier de tenir mon lustre,
La couronne me plaît moins qu'une palme illustre;
Mais que veux-tu ? l'amour, brûlante passion,
Qui surpasse en mon cœur l'active ambition,
L'insurmontable amour, l'amour de qui la flamme
Trouble à-la-fois nos sens, notre esprit et notre ame,
Qui vers un seul objet fait tendre tous nos vœux,
Et qui pour se régler est trop impétueux,
L'amour, ce sentiment sacré dans ma patrie,
Fléchit mes volontés aux desirs de Marie :
Paraître à ses regards entre nos chevaliers
Le plus couvert d'exploits, d'honneurs et de lauriers,
Changer bientôt en reine une aimable princesse,
Qui de Philippe-Auguste est la plus chère nièce;
Tel est mon seul projet, l'espoir où je prétends
Le but où j'adressai tous mes coups éclatans,

Ce qui me fait chérir la faveur de l'armée,
Et pourquoi je m'acquiers un peu de renommée,
Ma docile valeur la sert aveuglément,
Et de son fol orgueil est le fol instrument.
Je me plains : mais du sort, hélas! si le caprice
Nommait de Montferrat la femme impératrice,
Ah! dès-lors Baudouin, méprisable à ses yeux,
Lui deviendrait peut-être un époux odieux :
Dans l'espoir d'un royaume, elle a traversé l'onde,
Eh bien! je l'assiérai sur un trône du monde.

HENRI.

Le sang dont la discorde inonda ce séjour,
D'affreux usurpateurs s'immolant tour-à-tour,
Leurs esclaves hardis se vendant les provinces,
Les farouches sultans menaçant tous les princes,
L'inconstance du Grec perfide, indépendant,
Et les partis jaloux qu'entretient l'Occident,
Tout devait retenir ton épouse insensée,
Tout devait de ce trône écarter sa pensée,
Et je m'explique mal cet orgueilleux souci
Qui de Ptolémaïs l'amena jusqu'ici.

BAUDOUIN.

Mon frère, j'en gémis, et ne puis sans surprise
Du sceptre de ces bords voir une femme éprise;
Mais Marie à ce sceptre aspire avec fureur,
Et pour la couronner je veux être Empereur.

HENRI.

De plus nobles motifs au rang qu'elle desire
Ont lieu de te porter......

B A U D O U I N.

Oui, je devrais le dire;
Tu sais ce que j'ai pu, je sais ce que je puis;
Mais je t'ouvre un cœur vrai; connais donc quel je suis.
Sans couvrir mes desseins du salut de la Grèce,
Sans parler de l'Etat pour taire ma faiblesse,
Je dédaigne avec toi d'inutiles détours:
Que sert d'être puissant, s'il faut feindre toujours?
C'est l'amour que je sers; mais cet amour extrême
Loin d'amollir mon cœur, est sa force suprême;
Il en a secondé le fier emportement,
Et si j'ai tout vaincu, c'est que je fus amant.
La guerre, dans la France, honneur de ma noblesse,
Aux services des camps endurcit ma jeunesse,
Domptant, la lance en main, de belliqueux chevaux,
Je n'eus d'autres plaisirs que ses sanglans travaux;
Mais le jour que Marie à la cour du monarque
M'attacha de la croix la glorieuse marque,
Son regard en mon cœur lança des feux si doux,
Qu'ébloui, palpitant, tombant à ses genoux,
Je demandai la main qui de cette parure,
Au milieu d'un tournois, décora mon armure:
Je connus donc l'amour; le temple de la foi
M'entendit lui jurer, pour l'enchaîner à moi,
Que le premier des fils de mon noble hyménée
Verrait par ma valeur sa tête couronnée.
Serment fatal! Marie, aux ailes d'un vaisseau
N'a pas craint de fier son enfant au berceau,
Pour l'offrir à ma vue, afin qu'à son partage

Mon bras de Constantin ajoutât l'héritage :
De Ptolémaïs même elle a quitté les ports,
Sans daigner de sa vie affermir les ressorts
Qu'avait de notre fils affaiblis la naissance ;
Juge de son ardeur pour la toute-puissance !
Juge si les périls que tu sembles prévoir
Sur cet esprit superbe auraient quelque pouvoir !
De ta raison pourtant j'emprunte le langage :
Tâche sur ses projets d'alarmer son courage.
Non que, si dans le trône on la peut élever ,
De l'objet de ses vœux je cherche à la priver;
Mais notre élection flotte encor suspendue,
Et je veux prévenir sa douleur éperdue ,
Si quelque adroit rival, cette nuit préféré,
Demain est de la pourpre à ses yeux décoré.

## SCENE IV.

### BAUDOUIN, HENRI, UN OFFICIER DE L'ARMÉE.

#### L'OFFICIER.

Illustre Baudouin, une sainte chrétienne,
Si vous souffrez que seul elle vous entretienne,
Va paraître à vos yeux et marche sur mes pas.
Au seuil de ce palais que gardent vos soldats,
L'œil baissé vers la terre, elle s'est présentée ;
Chacun avec respect l'a soudain écoutée ;
Belle et calme, on dirait un ange gracieux,
Si la douce pâleur de son front sérieux

N'attristait le regard par les graves empreintes
De ses austérités et de ses veilles saintes.
Un humble habit la couvre, et son port et ses traits
Ne doivent leur éclat qu'à ses jeunes attraits.

BAUDOUIN.

Qu'elle entre.

HENRI.

Prévois-tu l'intérêt qui l'amène ?

BAUDOUIN.

Non, mais dans les horreurs que notre guerre entraîne,
On a vu des beautés fuyant vers le saint lieu
Faire vœu d'y mourir en épouses de Dieu,
Demander à nous suivre, exposant aux épées
Leurs têtes quelquefois d'égarement frappées,
Victimes dont le cloître, ou dont les passions
Ont livré la jeunesse aux tristes visions :
Mais de qui la ferveur aux blessés misérables
Prodigue le conseils et les soins charitables.
Va, rejoins la comtesse, et fais-lui dédaigner
Un rang dont mon rival peut encor l'éloigner.

SCÈNE V.

BAUDOUIN, ATHANASIE.

ATHANASIE.

Celle dont on vanta la beauté périssable,
Comte, est-elle à vos yeux déjà méconnaissable ?
Cet aveu ne saurait blesser ma vanité ;
Jeunesse, éclat, tout passe, et pour l'éternité !

Sous ce lin, vêtement de mon humble tristesse,
Retrouvez-vous mes traits ?

BAUDOUIN.

Les vôtres..... ah ! princesse.....

ATHANASIE.

Nommez Athanasie, une veuve en son deuil,
Qui, laissant les grands noms, les titres de l'orgueil,
Ne retint, en cherchant l'obscurité qu'elle aime,
Que le nom consacré par les eaux du baptême.

BAUDOUIN.

Qui put vous amener jusques en ces climats ?

ATHANASIE.

L'époux dont vers Sion j'accompagnais les pas.

BAUDOUIN.

Du Bosphore sans vous il a donc franchi l'onde ?

ATHANASIE.

Il a passé plus loin ; il est sorti du monde.

BAUDOUIN.

Quoi ! ce prince a perdu la vie en son printemps ?

ATHANASIE.

La mort, pour nous ravir, ne compte pas nos ans,
Chaque jour vos guerriers en font l'expérience ;
L'attendre est du chrétien la première science.
J'ai vu nos chevaliers, sans or et sans vaisseaux,
Nos soldats, reste pâle, échappé des fléaux,
Trahis, se trahissant, et laissant en arrière
De plus affreux débris de notre armée entière ;

Je fus contrainte à fuir, et mon époux blessé
Sur un léger esquif en ces mers fut poussé ;
Malheureux ! un pêcheur, hôte de ces rivages,
L'accueillit expirant sous des rochers sauvages,
Il mourut à mes yeux.... avec lui sur ces bords
J'ensevelis mon titre et nos derniers trésors.
Dès ce jour, implorant la suprême indulgence,
J'exerçai mes esprits dans ma sainte indigence.
De la chair et du sang oubliant les amours,
J'ai fui les soins trompeurs et les vains bruits des cours.
Vos yeux qui s'éteindront, votre bouche mortelle,
Ne me diraient plus rien qui pût troubler mon zèle.
Dieu m'a comme enlevée à ces terrestres lieux ;
Je ne vois plus que cendre et néant sous les cieux !
Je ne sens aucun charme aux traits de nos visages
Qu'effacera la mort, ainsi que des images ;
Je parle et marche en paix, sans crainte et sans desir,
Sous l'éternelle main, si prompte à nous saisir.
Ne croyez pas, pourtant, qu'en cette indifférence
Mon ame avec ennui vive sans espérance ;
Sa vertu fait sa joie, et le feu de l'autel
Allume son amour pour un prix immortel.

BAUDOUIN.

Pieuse Athanasie ! ah ! que Dieu favorable
Conserve à nos chrétiens votre foi secourable !
Faut-il de noirs pensers nourrir votre chagrin !

ATHANASIE.

Pour trouver le repos, j'ai médité ma fin.

BAUDOUIN.

Croirai-je que la paix est rendue à votre ame?

ATHANASIE.

Puissé-je ainsi qu'à moi la rendre à votre femme!
Son cœur, s'il eût reçu les leçons du tombeau,
Jamais des souverains n'eût brigué le bandeau.

BAUDOUIN.

Quel étrange discours vous dicte votre zèle!

ATHANASIE.

Dieu ne m'amène à vous que pour vous parler d'elle.

BAUDOUIN.

D'elle!

ATHANASIE.

      Et que pour combattre un desir orgueilleux
Qui la pousse en un piége invisible à ses yeux.

BAUDOUIN.

Ah! de votre démarche apprenez-moi la cause.

ATHANASIE.

En ces murs vous savez que le grand Théodose
D'une haute colonne a fait dresser l'orgueil;
Sur un vaste horizon, elle découvre à l'œil
Du Bosphore et du Pont l'orageuse étendue;
Les tours et les palais s'abaissent sous la vue;
Là, de son fondateur fut l'image d'airain,
Ouvrage que le temps renversa de sa main;
Il est un monument non loin de ce haut faîte;
Au milieu de Bysance il devint ma retraite.

BAUDOUIN.

Eh quoi! c'était donc vous dont on m'a raconté
La solitude au sein d'une vaste cité?
Tranquille, et nouvelle aigle, habitant dans la nue,
Vous planez sur la foule, et vivez inconnue!

ATHANASIE.

Oui, plus proche du ciel, je crois être en ce lieu
Des hommes éloignée et voisine de Dieu.
La guerre, qui souvent du pied de la colonne
A poussé tant de cris dans l'air qui l'environne,
Delà, vous montrait tous en malheureux troupeaux
Dans la fange et le sang tombant sous les couteaux.
Seule, oubliée, aux cieux j'élevais ma prière :
Un jour, ô jour d'effroi! votre noble bannière
Entra sanglante au sein d'un nuage enflammé.
Mon cœur la reconnut, il en fut alarmé;
Mais Dieu soudain vers lui rappela ma pensée;
Et plaignant des humains la discorde insensée,
J'en pleurai les combats, sans même ouvrir mon cœur
Au vœu d'aller en vous saluer un vainqueur.
Cependant, cette nuit, un ange de colère
Descend du haut du ciel, que son passage éclaire :
Il me parle; écoutez l'ordre qu'il ma donné :
« Marche vers Baudouin, près d'être couronné;
« Son épouse, qu'enivre une ambition folle,
« Hâtera sa ruine, et soi-même s'immole.
« Compte tous les tyrans, nés depuis Constantin,
« De qui le diadême avança le destin;

« Dis–lui d'en fuir le poids : va, cours, sa tête altière
« Ne la porterait pas une journée entière :
« La mort à son orgueil l'enleverait d'abord ».

BAUDOUIN.

Qui le lui ravira?

ATHANASIE.

Je vous l'ai dit, la mort.

BAUDOUIN.

Ah ciel! frappe ma tête aux périls aguerrie!
Qu'elle tombe plutôt que celle de Marie!
Son trépas me serait le plus grand des revers :
Sans elle que serais-je en ce triste univers?
Pour qui voudrais-je encor des biens et de la gloire?...
Mais quel bruit, quels complots m'engagent à vous croire?

ATHANASIE.

De mon avis fatal vous connaissez l'auteur.

BAUDOUIN.

Qui donc?

ATHANASIE.

Je vous l'ai dit, l'ange exterminateur.
Adieu, taisez le sort de l'humble Athanasie.

## SCENE VI.

BAUDOUIN, *seul.*

Qu'ai-je entendu?... mon ame est de terreur saisie....
Dieu qui peut nous frapper, nous en peut avertir,
Et parfois le malheur se laisse pressentir.

Tant de coups imprévus, soudains, inévitables,
Atteignent si souvent nos têtes périssables,
Que nul solide espoir ne saurait s'attacher
A nos liens mortels si prompts à se trancher.
Sur mon épouse, ô ciel! quels sont tes anathêmes!
Nous, jouets du destin, ignorés de nous-mêmes,
Par d'aveugles mépris devons-nous rejeter
L'avis mystérieux que ta voix put dicter?
Je ne puis de mensonge accuser cette femme....
Elle est digne qu'un ange ait éclairé son ame!
Et d'ailleurs, n'est-ce pas un pouvoir merveilleux
Qui nous a tous conduits sur ces bords périlleux?
Le siècle où nous vivons, redoutable miracle,
Est-il moins étonnant que ce nouvel oracle?
Ah! ma foi peut y croire.... ou plutôt mon amour,
Qui, s'il perdait Marie, abhorrerait le jour:
C'est la seule terreur de mon ame aguerrie....
O Dieu clément! pardonne à mon idolâtrie,
Si cette passion, trompant mon cœur pieux,
Le rend faible pour elle et superstitieux!


**FIN DU PREMIER ACTE.**

# ACTE II.
## SCÈNE PREMIERE.
### MARIE, HENRI.

MARIE.

Enfin je puis livrer mon ame à l'espérance,
Votre frère demain règnera dans Bysance;
Henri, n'en doutez plus, mon époux fortuné,
Grâces à mes efforts, brillera couronné.
Ce voile, en découvrant le prochain sanctuaire,
Va laisser voir aux Grecs le trône salutaire
Où Baudouin, vainqueur de leurs divisions,
Est près d'asseoir Marie aux yeux des nations,
Et la paix, le bonheur, suites de sa victoire,
Peut-être de nos noms feront bénir la gloire :
Mais quel pressant motif en peu d'instans, Seigneur,
Deux fois de votre aspect me peut rendre l'honneur ?

HENRI.

Mon frère est agité par des terreurs nouvelles;
Il craint de ses rivaux les embuches cruelles :
Environnant déjà, pour vous en écarter,
Les degrés périlleux où vous voulez monter,
Baudouin, par ma voix, demande que vous-même
Abjuriez le desir d'un trompeur diadême,
Qui, des princes nombreux dont il orna le front,
A fait le plus souvent les malheurs ou l'affront,

Que souille encor le sang des Alexis coupables....

MARIE.

Plus on l'a vu terni sur des fronts méprisables,
Plus un héros paré de gloire et de candeur,
En doit dans l'Orient relever la splendeur.

HENRI.

Tandis que votre époux exprime par ma bouche
Sur vos nobles destins la crainte qui le touche,
Ministre de vos vœux, il ne poursuit pas moins
Le rang qui vous séduit et que briguent vos soins :
Cependant, informé de votre impatience,
Vers vous il me renvoie, et charge ma prudence
De vous dire, Madame, à quel pressentiment
Un triste avis des cieux le livre en ce moment.

MARIE.

Quel est-il?

HENRI.

            Apprenez qu'en cette même enceinte,
Devant lui s'est offerte une femme, une sainte,
Qui d'un ange a suivi les pas mystérieux;
Elle prédit la fin de vos jours précieux,
Dès que vous recevrez le nom d'impératrice.

MARIE.

Cet avis n'est qu'un rêve, ou qu'un vil artifice;
On me traite de femme, et l'on croit me troubler
Par ces arrêts menteurs peu faits pour m'ébranler :
On intimide ainsi la piété crédule
De mon époux, qu'arma le zèle dont il brûle,
Qui, tendre en son amour, et soumis à sa foi,

Ne craint rien pour lui-même, et craindrait tout pour moi.
S'il est de purs mortels qui, dans la solitude,
De méditer la croix font leur tranquille étude,
Et de qui les vertus plaignent dans les déserts
Les fureurs des combats et l'orgueil des pervers ;
Il est des imposteurs que la discorde emploie,
Et qu'au milieu des cours l'Église même envoie
Pour souffler des conseils qu'elle n'ose dicter
Aux trop dociles chefs daignant les écouter,
Ou pour que des récits faussement prophétiques
Soulèvent dans les camps les soldats fanatiques.
Sans doute cette femme introduite en ces lieux
Vient tendre à mon époux un piége insidieux,
Pour détourner du trône un si ferme courage,
En l'alarmant sur moi d'un sinistre présage.
Qu'il monte donc sans trouble aux suprêmes degrés,
Où sa femme avec lui marche à pas assurés ;
Qu'il brave, ainsi que moi, les oracles.... que dis-je ?
Si, comme le vulgaire, il se rend au prestige,
Eh bien ! qu'il se confie à ma prédiction :
Je rêvai de tout temps notre élévation.
Qu'il atteigne ce trône, objet de tous mes songes.
Pourquoi rangerait-il au nombre des mensonges
L'image d'un succès qui flatte ici mon cœur,
D'égaler Baudouin à mon oncle vainqueur ?
Oui, de Philippe-Auguste émule mémorable,
Au monarque français il sera comparable.
Tel est, Seigneur, tel est mon fier pressentiment :
Qu'il y croie, ou plutôt qu'un noble mouvement

Inspire à son orgueil l'heureuse jalousie
Dont, pour son propre honneur, son épouse est saisie;
Qu'il n'entende nommer notre illustre parent,
Qu'en brûlant du desir d'être son concurrent :
Tout vante ce monarque et sa force aguerrie;
La Tamise et le Rhin, la France et la Syrie,
Tout est rempli du bruit de ses coups éclatans.
Ah! si les héros morts, exemples des vieux temps,
Se font des successeurs qu'enfante leur mémoire,
Envieux d'imiter leur glorieuse histoire,
Combien doit parler mieux que la plume ou l'airain
La vivante grandeur d'un roi contemporain,
Qui de l'art de tout vaincre offre un si beau modèle.
Ma mère en est la sœur, et fille digne d'elle,
Je veux sur le Danube, où règne son destin,
Qu'elle apprenne mon rang sur les bords de l'Euxin.

HENRI.

Qui n'admirerait pas, écoutant ce langage,
Dans votre sexe faible un si puissant courage?
Mais, pour atteindre au but, vos souhaits empressés
Ont-ils pris soin toujours de se cacher assez?
Tremblez sur votre époux de conjurer la haine,
Redoutable pour lui, si vous n'êtes pas reine;
Et que mon frère à qui vous joint un chaste amour,
Si quelque autre est élu, n'en soit victime un jour!

MARIE.

Je ne crains rien pour lui que la perte d'un trône :
S'il est digne de moi, qu'il prenne la couronne.
Dieu, qui m'a fait sortir d'un héroïque sang,

M'inspira la fierté qui convient à mon rang.
Je n'ai point la faiblesse à mon sexe ordinaire;
Je n'aime qu'un héros, non un mortel vulgaire,
Et les dangers qu'il court à se faire empereur,
Partagés avec moi, ne me font nulle horreur.
Quand, sous le fer, la flamme, il poursuivait la gloire,
Si j'ai frémi, c'était qu'il n'eût pas la victoire;
Quand je le préférai pour vivre sous ses lois,
C'est parce que son cœur m'annonça mille exploits;
Et tel est mon amour, dont l'orgueil le seconde,
Qu'il faut que mon époux soit le premier du monde.

HENRI.

Ainsi donc ses périls ne vous alarment pas?

MARIE.

Mes soins ont prévenu d'ambitieux débats,
Et de Ptolémaïs les rapides galères
Semblent m'avoir conduite en ces sanglantes terres
Pour y déconcerter les vains compétiteurs
Qui disputent entre eux le choix des électeurs.
Montferrat, après nous, méritant leurs suffrages,
Eût pu les éblouir de ses hauts avantages,
Si mes dons, appuyés de promesses encor,
N'avaient dans son parti semé l'espoir et l'or,
Et, de tout son crédit réprimant l'influence,
Entre le doge et nous partagé la balance.
Dandolo cependant, vieillard si renommé,
Chéri par les soldats, par les chefs estimé,
De nos rivaux sans doute est le plus redoutable:
Je n'ai donc combattu ce rival respectable

Qu'en plaignant son grand âge inclinant au tombeau,
Qui va de sa sagesse éteindre le flambeau;
Tandis que Baudouin, en ses jeunes années
Fera long-temps des Grecs fleurir les destinées.
Que sais-je? mes discours, mes regards, mes présens
M'ont attaché les cœurs par des nœuds séduisans:
Quelque peu d'art de plaire, en me gagnant les ames,
Me sert à préparer mes innocentes trames.
Puissé-je à mon époux rendre ainsi précieux
Le pouvoir des appas que m'ont donné les cieux,
Et prouver que mon sexe, et que mes faibles charmes
Conquièrent les états aussi bien que vos armes!
Il paraît: quel courroux éclate sur son front!

## SCÈNE II.

### LES MÊMES, BAUDOUIN.

#### BAUDOUIN.

Ah! Madame, où cacher notre commun affront?
Votre brigue imprudente au conseil découverte
Peut-être, en ce moment, y décide ma perte....
　　　(*A Henri.*)
Informe-toi de tout, va, cours désavouer
Les moyens indiscrets qui nous font échouer;
Henri, s'il en est temps, sauve l'honneur d'un frère.
　　　　　　　　(*Henri se retire.*)

# SCÈNE III.

## MARIE, BAUDOUIN.

### MARIE.

O ciel! expliquez-moi d'où naît tant de colère!
Qu'avez-vous donc appris? qu'est-ce qui s'est passé?
De quel coup du conseil êtes-vous menacé?

### BAUDOUIN.

Dandolo, Montferrat, ont su qu'en leurs armées
Vos richesses, Madame, avaient été semées;
Et nos douze électeurs ont appris à-la-fois
Qu'on achetait l'Empire au mépris de leurs voix.
Montferrat s'applaudit de nous voir en ce piége,
Et se hâte à grossir l'orage qui m'assiége.
Tous les partis d'abord, penchant en ma faveur,
Alarmés par ses cris, l'appellent leur sauveur:
Chefs, soldats, tout le vante; et moi, l'on ne me nomme
Qu'un sacrilége en butte aux vengeances de Rome,
Qui pour mon propre orgueil aurait sacrifié
Des croisés réunis le camp sanctifié;
Et même à ces rapports tant de fureur se mêle,
Qu'on va jusqu'à souffler un fanatique zèle.
Devant les électeurs j'ai voulu me montrer,
Mais leur conseil se ferme, on n'y peut pénétrer:
Je suis donc sans défense, et vos complots, Madame,
Ne m'auront obtenu que quelque arrêt infâme,
Pour avoir cru gagner douze sages mortels,
Trop fiers pour vendre un sceptre à vos dons criminels.

Contre l'opprobre enfin tout ce que j'ai pu faire,
Est, en avertissant Montferrat de se taire,
De lui laisser prévoir quel sera son danger
S'il entre en un débat que ce fer peut juger.

MARIE.

Cher Baudouin, hélas! votre épouse confuse
Craint autant que les cieux votre voix qui l'accuse,
Et pour elle un revers si profond, si honteux,
De tous les châtimens est le plus rigoureux!
L'espoir de vous donner la pourpre souveraine,
Erreur de ma tendresse, est une excuse vaine;
Et j'ai lieu de pleurer un effort malheureux,
Qui, pour vous agrandir, nous renverse tous deux!....
Mais, non, de Baudouin la femme doit combattre
L'inclémence du sort qui s'efforce à l'abattre.
Compagne d'un héros, héroïne avec lui,
La vertu de nos cœurs nous devient un appui.
Si d'un décret infâme on cherche à nous proscrire,
Des arbitres plus sûrs, et fiers de vous élire,
Vaincront vos ennemis du royaume exilés;
A vos vaillans soldats montrez-vous, et parlez.
Seigneur, à vos côtés je marcherai tranquille:
Le trône ou le tombeau nous servira d'asile.
Que sait-on si le sort qui paraît menacer
Au terme où nous tendons ne veut pas nous pousser?
De ses coups imprévus vos exploits sont les preuves;
Qui plus que les chrétiens en ont fait les épreuves?
Tous volaient en Asie; il fallut sur les eaux
Qu'au défaut d'or leurs bras payassent des vaisseaux:

Au joug vénitien leur flotte assujettie
De leur sang allié rougit la Dalmatie;
Et tandis qu'à Zara triomphait leur ardeur,
L'empereur Alexis, déchu de sa grandeur,
Implore vos secours contre l'un des Comnènes :
Vous courez sous Bysance à des palmes lointaines;
L'usurpateur succombe, et l'aveugle Alexis
De son trône rendu vous refuse le prix :
Vous combattez ce traître, un tyran lui succède;
Vous l'assiégez encor; il tombe, et tout vous cède.
L'Empire grec finit par ces jeux du destin;
Ils ont donné naissance à l'Empire latin;
Soyez-en donc le chef, et laissez-vous conduire
Au hasard qui vous arme alors qu'on veut vous nuire.
La fortune souvent se plaît à seconder
Les cœurs audacieux qui s'en laissent guider,
Et les porte au plus haut des trônes de la terre
Quand ils suivent son vol, toujours prêts à la guerre.

BAUDOUIN.

Ah! Madame, bientôt si nous n'étions punis
D'éveiller la discorde entre nos camps unis,
Serait-ce à nous chrétiens d'offrir aux infidèles
Le spectacle sanglant de nos lâches querelles?
Les Grecs nous verraient-ils fuyant ces bords émus
Comme tous leurs tyrans au pied du mont Hémus,
Après eux tour-à-tour chassés de rive en rive,
Promener dans la Thrace une rage captive?
Les vaincus verraient-ils sous leurs remparts soumis
Leurs vainqueurs s'égorger en cruels ennemis?

Car n'imaginez pas que le droit de l'épée
M'assure quelque trève en ma place usurpée ;
Le pontife de Rome, et les chefs, mes rivaux,
Condamneraient ma vie à d'éternels travaux ;
De l'Europe liguée il me faudrait sans cesse
Repousser les complots dirigés vers la Grèce,
Et je me souillerais du sang de mes voisins,
Qu'elle invite à briser le joug des Sarrasins.
Eh ! pourquoi ? pour l'orgueil d'une aveugle fortune
Dont la prospérité me serait importune ;
Je ne le sens que trop ; tel m'ont formé les cieux,
J'ai le cœur d'un guerrier, non d'un ambitieux ;
Philippe dans la France, où chacun le contemple,
Donne de ses travaux le politique exemple ;
C'est peu de son audace, il faut, il faut encor
Qu'un esprit vigilant en gouverne l'essor,
Qu'il ait partout les yeux d'une aigle pénétrante,
Que son ame au hasard ne soit jamais errante,
Et qu'il n'ait de penchant qu'au soin des grands états,
Par sa gloire étendus malgré trois potentats ;
J'ai la même valeur, non le même génie ;
Et l'amour qui me tient sous votre tyrannie
Vous dit que je puis être un amant plein de foi,
Un soldat redoutable, et non un si grand roi.
Si le sort m'eût commis notre nouvel empire,
J'eusse pris ce fardeau que votre cœur desire,
Pour vous que je préfère au plus superbe rang,
Et qui ne m'en payez qu'en me le préférant :
Le cœur d'un souverain qui sur soi règne en maître

A mes folles ardeurs se peut-il reconnaître ?
Il veille jour et nuit au seul public honneur ;
Je veille nuit et jour à votre seul bonheur ;
Pour l'éclat de son sceptre il conquiert des provinces ;
Pour n'illustrer que vous, moi j'ai vaincu des princes :
Et d'un ingrat objet plus esclave qu'époux,
Du titre d'empereur je n'ose être jaloux :
Cependant je sais vaincre, et dans la Palestine
J'irai de nos honneurs réparer la ruine.
J'augure que Sion au pied de son rempart
M'appelle à surpasser et Philippe et Richard :
Tyr, Ascalon encor, m'ouvriront leurs murailles,
Et le Tabor verra de nouvelles batailles.
Oui, Dieu peut-être ainsi me rend à mon devoir ;
Les palmes et l'amour, faut-il un autre espoir ?
Et ne vaut-il pas mieux me montrer, pour te plaire,
Le plus grand de nos preux, qu'un monarque vulgaire ?

MARIE.

O consolant discours ! généreuse vertu ?

BAUDOUIN.

Hélas ! si d'un chagrin je me sens abattu,
C'est de ce qu'une erreur m'a pu ravir l'estime
Du noble Dandolo, magistrat magnanime,
Qui ne sait pas encor que je suis innocent
Des soins que t'a fait prendre un titre éblouissant.
Sa rigide équité maintenant me méprise,
Et condamne au conseil ma coupable entreprise.
Tel est l'auguste droit d'un vieillard révéré :
Son cœur devient pour tous un tribunal sacré,

Et du bord de la tombe, où descend sa prudence,
Il semble qu'à jamais sa dernière sentence
Va laisser au pervers qui fut jugé par lui
L'irrévocable arrêt d'un éternel ennui !

MARIE.

Le voici qui paraît cet arbitre suprême.

## SCÈNE IV.

LES MÊMES, DANDOLO ET SON GUIDE.

BAUDOUIN.

Cherchez-vous Baudouin, noble doge ?

DANDOLO.

Lui-même;

Je lui viens du conseil apporter un écrit.
Sommes-nous seuls ?

MARIE.

Quel trouble agite mon esprit !

Sans doute un juste arrêt....

BAUDOUIN.

Suspendez vos alarmes :

Restez près de ces lieux : surtout séchez vos larmes.

## SCÈNE V.

DANDOLO, BAUDOUIN, UN GUIDE.

BAUDOUIN.

Parlez, Seigneur.

DANDOLO (*lui remettant un écrit*).

Lisez : j'ai moi-même voulu
Vous porter le décret par nos voix résolu.

BAUDOUIN *à part*.

Marie ! ah ! de quel coup va-t-on punir ton crime ?
Je frémis !... (*il lit*) « Du conseil le suffrage unanime,
« Courageux Baudouin, vous salue empereur ».
O ciel ! et cette lettre excitait ma terreur !

DANDOLO.

Tel est le vœu de tous ; que ce soit un mystère,
Si vous n'acceptez pas l'honneur qu'on vous défère.

BAUDOUIN.

Qui d'entre mes pareils n'en serait pas flatté ?
Mais, Seigneur, d'où me vient cette prospérité ?...

DANDOLO.

De moi, Seigneur,

BAUDOUIN.

De vous, secourable génie !

DANDOLO.

Je vous ai défendu contre la calomnie.
Les partis vous souillaient, pour s'en glorifier ;
J'ai cru de mon devoir de vous justifier.
J'ai fait connaître à tous qu'une ligue jalouse
Vous chargeait faussement des torts de votre épouse,
Et qu'eussiez-vous brigué le prix des concurrens,
L'intrigue fut toujours inévitable aux grands ;
Mais qu'appuyant des droits la justice impuissante,
L'intérêt des états la rendait innocente.

J'ai pesé de chacun les titres débattus,
Le nombre de sujets, et surtout de vertus.
Ma politique heureuse et mon expérience
Triomphaient : un des chefs avec trop d'éloquence,
En faveur de mon nom contre vous s'est tourné ;
Mais j'ai parlé pour vous, et vous ai couronné.

BAUDOUIN.

O générosité sans doute inimitable !
Vous, dont je redoutais la rigueur équitable ;
Vous, à qui mon épouse en secret avait nui ;
Vous, qui pouviez me perdre, et me servez d'appui,
Au-dessus des soupçons, des erreurs, des vengeances,
Vous jugiez ma candeur, malgré les apparences !
Ce comble de lumière et de haute raison
M'explique votre gloire et devient ma leçon.
Mon cœur, à votre exemple, agira sans caprice.
Marie a tout tenté pour être impératrice :
Vous ne l'ignorez pas ; et vous savez de plus
Quel amour m'asservit à ses vœux absolus.
Mais n'imaginez point qu'à la femme que j'aime
Au prix de mon devoir j'acquière un diadême ;
Content que pour régner son imprudent effort
Ne l'ai pas exposée à l'exil, à la mort,
Je veux, en lui taisant le titre qu'on me donne,
Sur votre auguste front poser cette couronne,
Que soutiendront bien mieux que nos droits contestés
Quatre-vingts ans d'honneur et d'exploits attestés :
A vos sages vertus je suis fier de la rendre.

DANDOLO.

Seigneur....

BAUDOUIN.

Qui, plus que vous a le droit d'y prétendre ?
Quand les ports de Venise ont reçu nos chrétiens,
Assemblage de chefs inquiets et sans biens,
Prêts à se désunir avant toute conquête,
Seul en votre sénat, qu'éclairait votre tête,
Vous obtîntes, Seigneur, qu'alliés généreux,
Vos navires sans gage emporteraient nos preux.
Sans vous la ligue sainte, alors évanouie,
N'eût jamais pris la Grèce et menacé l'Asie.
Votre zèle en spectacle offre au sein de nos camps
Un chevalier aveugle, et qui, blanchi des ans,
Prouve que la vertu, sans humaine faiblesse,
Donne un corps sans déclin, une ame sans vieillesse.
Qu'il soit donc empereur cet étonnant héros !
Et si sa gloire enfin a besoin de repos,
Qu'il nous laisse voguer aux mers de la Syrie,
Et qu'il règne en ces lieux voisins de sa patrie.

DANDOLO.

Seigneur est-ce un loisir, au bout de mes destins,
De fonder chez les Grecs l'empire des Latins ?
Toujours de la discorde on jette la semence,
Lorsqu'aux nouveaux états on donne la naissance ;
Le soin d'en prévenir les troubles véhémens
De soucis attentifs remplit tous les momens.
Les regrets du passé produisant mille haines,
Et des partis récens les espérances vaines,

Se menacent d'efforts que, sans se reposer,
Il faut, pour son salut, l'un à l'autre opposer.
L'active prévoyance à toute heure est surprise
Par des princes formant quelque sourde entreprise.
Rome, dont le pontife est souverain des rois,
Pour sa cause aujourd'hui les conjure à la fois;
Les progrès de Venise alarment l'Italie;
Il ne faut pas contre eux que l'Europe s'allie;
En ses débats futurs, je la prévois trop bien :
L'esprit d'un siècle entier a passé dans le mien.
D'ailleurs, je vous ai dit qu'un titre monarchique
Etait incompatible avec ma république.
Vous donc, vassal des rois, Comte, en vos jeunes mains
Prenez le sceptre offert pour la paix des humains :
Portez, portez ce poids qui trop souvent accable.
Il faut de vos beaux ans la force infatigable,
Pour traîner d'une cour le pénible appareil,
Pour vivre en des complots, sans loisir, sans sommeil,
Pour aplanir la route aux diverses armées
Que guident vos amis aux plaines Idumées.
Régnez donc! qu'un auguste et prompt couronnement
De vos travaux nombreux soit le commencement :
Vous les acheverez. Hélas! Seigneur, mon âge
Interromprait bientôt le cours de mon ouvrage.
Je vous crois digne seul de soutenir ce faix :
Rien n'éblouit des yeux qu'on ferma pour jamais :
Toute pompe menteuse est aux miens étrangère;
Vos seuls accens m'ont dit votre candeur sincère.
Je n'ai point vu vos traits, votre cour, vos splendeurs;

Vos faits à mon esprit seuls ont dit vos grandeurs.
Dans la nuit éternelle il n'est plus d'imposture,
Et rien ne m'apparaît que la vérité pure.
Pour l'intérêt public je vous ai donc choisi;
Que le trône par vous soit noblement saisi :
Moi, sans feinte pudeur, en ce rang difficile,
Si plus que Baudouin je m'y croyais utile,
Pour moi-même, Seigneur, je l'eusse demandé,
Dès que le bien de tous me l'aurait commandé.

BAUDOUIN.

Je cède, et régnerai, mais par votre sagesse.
Souffrez que votre guide appelle la Comtesse.
 *Au Guide.*   *Au Doge.*
Ami, Hâtez vos pas. Il me tarde, Seigneur,
Que sa peine se change en un soudain bonheur!

DANDOLO.

Empereur, dites-lui d'être moins enivrée
D'honneurs troublés souvent en leur courte durée;
Dites-lui qu'en dépit des titres différens,
C'est la haute vertu qui siége aux plus hauts rangs.
Je l'entends qui s'approche, et je vous laisse ensemble.

BAUDOUIN.

Salut, mon digne père!  (*On reconduit Dandolo.*)

## SCÈNE VI.

### BAUDOUIN, MARIE.

MARIE.

Ah! cher époux, je tremble
Que vous ne m'annonciez mon cruel châtiment!
Confuse à votre abord qui m'était si charmant,
Hélas! le repentir, la frayeur me surmonte......
Mon supplice déjà commence par ma honte!

BAUDOUIN.

Loin de vous un effroi que vous devez bannir,
Il n'est plus que Dieu seul qui puisse vous punir.
Du conseil assemblé voici l'arrêt propice.
          (*Il lui remet l'écrit.*)
Que peut craindre Marie? elle est impératrice.

MARIE.

Qu'ai-je lu?... Dieu puissant!... mon cœur est éperdu....
Ah! de mon sang glacé le cours est suspendu....
Par un plaisir si prompt à mes douleurs ravie,
Ce transport est pour moi le plus doux de ma vie!...

BAUDOUIN.

Qu'il doit rendre jaloux mon cœur trop amoureux!
Le jour de notre hymen vous parut moins heureux.

MARIE.

Laisse, laisse éclater le plaisir qui m'enivre!
De toutes mes terreurs ce moment me délivre!
Ce rang, ce noble rang, comble de mes desirs,
Ce but vers qui toujours s'adressaient mes soupirs,

Ce trône où plus que toi je brûlais d'être assise,
J'y parviens donc enfin! ô bonheur! ô surprise!
Eh bien! de verser l'or fallait-il m'effrayer?
Fallait-il des partis craindre de t'appuyer?
Soit par juste louange, ou par brigue indiscrète,
Va, l'on n'élève un nom qu'autant qu'on le répète;
Va, le tien à l'empire enfin nous a conduits,
Parce que mes complots en ont accru les bruits;
Et qu'au sein de la foule, en ses choix incertaine,
Je l'ai même agrandi des clameurs de la haine.

BAUDOUIN.

Détrompe-toi : le doge aux cris de Montferrat....

MARIE.

Régnons! qu'à moi, qu'à lui, je doive notre éclat,
Peu m'importe! régnons! illustrons le Bosphore!
Pareil à Constantin, que mon époux l'honore!
Grèce, tu vas renaître au berceau de tes arts;
Grèce, tu vas revoir la cour de tes Césars;
Grèce, rivale encor de la grandeur romaine,
Tu remets sur la pourpre une nouvelle Irène.
Reconquiers avec moi tout l'honneur qui t'est dû
D'un Charlemagne au monde en Philippe rendu :
Qu'il te tende les bras du milieu de la France,
Et que sa gloire allie et Paris et Bysance,
Enrichis l'Orient, heureux port des chrétiens,
Inonde l'Occident des sources de ses biens.
Des barbares enfans des bords de la Crimée
Que l'avide fureur soit par nous réprimée;

Que l'Asie au commerce, en des vaisseaux plus sûrs,
Ordonne d'apporter ses trésors en nos murs.
Tombez, Mahométans! Sion lève un front libre!
Croix sainte, réunis le Danube et le Tibre!
Voilà, voilà nos vœux, nos bienfaits à venir,
Et nos noms au tombeau ne pourront plus finir.

## SCENE VII.

### ATHANASIE, BAUDOUIN, MARIE.

MARIE.

Quelle est cette inconnue, et qu'est-ce qui l'envoie?...

BAUDOUIN.

Revenez-vous ici pour altérer sa joie,
Athanasie?

MARIE, *ironiquement.*

Eh quoi? c'est vous dont les accens
Nous ont prophétisé des revers menaçans?

ATHANASIE.

Moi-même; et ce n'est plus votre époux que ma bouche
Vient instruire en ces lieux d'un malheur qui vous touche;
Puisqu'il est incrédule à mon avis secret,
C'est à vous que je dois prononcer votre arrêt.
Mes yeux, en ce moment témoins de votre ivresse,
Déplorent de vos cœurs la sinistre allégresse.
Croyez-moi : devancez les changemens du sort,
Et fuyez loin d'un trône où vous attend la mort.

MARIE.

Sauriez-vous un dessein dont je fussé victime?

ATHANASIE.

Je sais qu'un châtiment toujours atteint le crime.

BAUDOUIN.

Le crime!......

MARIE.

En est-il un qu'on m'ose reprocher?

ATHANASIE.

Dieu voit ce qu'aux humains nos cœurs peuvent cacher.

MARIE.

Que voit-il dans le mien?...

ATHANASIE.

Ce que j'y vois moi-même...
Le remords au coupable annonce l'anathême;
S'il vous parle en secret, osez-vous démentir
L'avis du coup vengeur qu'il vous fait pressentir?

BAUDOUIN.

D'où vient qu'à vos discours se mêle ainsi l'outrage?
De la foi douce et calme est-ce-là le langage?

ATHANASIE.

Le zèle aux cœurs soumis parle avec charité;
Il tonne avec le ciel sur l'incrédulité.

BAUDOUIN.

Si l'intérêt vous pousse à semer l'imposture,
Je règne, et mon pouvoir punira cette injure.

ATHANASIE, *avec fierté.*

Empereur, sois semblable à ces tyrans payens
Que le soupçon noyait dans le sang des chrétiens;
Dieu m'inspire lui seul, frappe son interprète!
La mort vous fait horreur, et moi je la souhaite;
Et qui sait au martyre abandonner ses jours
Brave, en parlant sans peur, les peuples et les cours.
Voici mes derniers mots, je pars, et ma présence
Sera de votre sort la dernière sentence :
Si du monde aujourd'hui Dieu vous veut rappeler,
Je reviendrai vers vous, et pour vous consoler.

( *Elle sort.* )

## SCÈNE VIII.

### BAUDOUIN, MARIE.

MARIE.

Au faîte d'un bonheur dont j'étais étonnée,
Quoi! sitôt en mon sein ma joie est consternée!

BAUDOUIN, *suivant des yeux Athanasie.*

Comme un triste fantôme elle apparaît et fuit....
Qu'a-t-elle dit d'un crime? et quel remords te suit?....
Tu n'en sentis jamais; ton ame est innocente :
Ta seule erreur ici fut ta brigue imprudente,
Et notre élection vient de tout réparer.

MARIE.

De cette femme altière il nous faut assurer;
Et, prévenant sa voix qui sert la calomnie,
Ne pas laisser parler son audace impunie.

4

BAUDOUIN.

A peine sur le trône, exercer des rigueurs !
Non. non, à leurs vertus confions nos deux cœurs :
D'une fausse inspirée excusons la démence,
Et commençons par elle à montrer ma clémence.

MARIE,

Crains de trop pardonner.

BAUDOUIN.

       Craignons de trop punir.

MARIE.

Fais respecter ton rang.

BAUDOUIN.

       Va, faisons le bénir.

FIN DU SECOND ACTE.

# ACTE III.
## SCÈNE PREMIERE.

### BAUDOUIN, HENRI.

#### BAUDOUIN.

Oui, ce voile à tes yeux cache un trône et l'autel,
Déjà tout décorés pour l'instant solennel.
De son couronnement Marie impatiente
Frémit d'en retarder l'heure à son gré si lente,
Elle veut empêcher que Montferrat jaloux
N'excite des partis armés par son courroux.
L'en blâmerai-je, ô ciel!... non la fatale épée
A qui dans ce moment ma tête est échappée
Prouve assez quels forfaits pourraient le secourir.

#### HENRI.

Quoi! du coup imprévu dont tu faillis périr,
Penses-tu qu'en effet Montferrat soit complice?

#### BAUDOUIN.

La preuve en est cachée encore à ma justice:
L'auteur de l'attentat qui vient d'être commis,
Et dont m'a défendu le bras de deux amis,
Quoique blessé par eux, s'est ravi par la fuite
A mon juste examen ainsi qu'à leur poursuite:
Mais, en fondant sur moi, l'aveugle scélérat
S'est d'abord écrié: « Je venge Montferrat ».

HENRI.

Du choix des électeurs te peut-il faire un crime?

BAUDOUIN.

J'avais trop bien prévu le dépit qui l'anime ;
Et pour en triompher, tous mes soins disposés
Venaient dans un festin d'assembler les croisés :
J'espérais que l'accord d'un banquet militaire
De ses ressentimens saurait mieux le distraire,
Et que, sous nos drapeaux, des sermens fraternels
Banniraient de son cœur les projets criminels :
Je voulais, l'attirant par cette douce chaîne,
Qu'il excusât Marie et son vœu d'être reine ;
Tu le sais ; et chez moi les chefs s'étaient rendus,
Lorsqu'on m'a du superbe annoncé le refus.
Je déguisai l'affront que me fit son absence,
Et de son vain prétexte accueillis l'apparence :
A ma table j'admis l'envoyé du pervers :
Quand toi-même, occupé sur le port de nos mers,
Confirmas d'un billet mes alarmes trop vives.
Je le reçus sans bruit, et, quittant mes convives,
J'allai de Montferrat surveiller l'armement,
Et préparer nos camps à tout événement.
A mon retour, un traître attaqua mon passage :
Un tel hasard sans doute ayant trompé sa rage,
Il croyait s'en venger au sortir du festin,
Dont mon épouse seule a présidé la fin.
On lui porta du coup la nouvelle effrayante :
Quand j'accourus vers elle, elle était défaillante.

Sa force a prévalu sur l'effet passager
De son saisissement qu'a produit mon danger.
Cependant le concours, l'encens, le bruit des fêtes,
Et les arcs triomphaux, et les guirlandes prêtes,
Notre marche annoncée à tous les Grecs surpris,
Ont d'un superbe espoir enflammé ses esprits.
Dans le même desir sa fermeté s'obstine :
J'ai donc tout ordonné.

HENRI.

Puisse la main divine
Sur elle en ce moment ne pas s'appesantir !
Apprends.... de son désordre il te faut avertir....

BAUDOUIN.

Tu me glaces, mon frère, et ces mots... parle, achève !

HENRI.

D'heure en heure en ses sens le trouble se soulève,
Son courage a caché ses maux à ton abord;
Ses femmes m'ont instruit de son pénible effort.

BAUDOUIN.

De quel péril, ô ciel, est-elle menacée ?....

HENRI.

Au fond de son palais dès que tu l'as laissée,
Toute sa vaine joie a fui loin de son cœur,
Et ses traits sont tombés dans la morne langueur.
La flamme de sa vie en son sein retirée
A fait croire un moment qu'elle était expirée :
Mais, grace à mille soins, rassure ton amour,
Ses yeux que tu chéris se sont rouverts au jour;

Et bientôt, surmontant sa faiblesse fatale,
L'heure de revêtir la pourpre impériale
L'a contrainte à parer des plus beaux ornemens
La douce majesté de ses traits si charmans.
Son éclat n'a paru l'éblouir ni lui plaire :
Lorsqu'elle a traversé sa chambre solitaire,
De ton fils qui dormait elle a vu le berceau :
La nature émeuvant d'un sentiment nouveau
Cette ame dont l'orgueil l'avait comme oubliée,
A ce touchant aspect, elle s'est écriée :
« O trésor d'une mère? ô mon enfant aimé!
« D'où vient qu'en t'approchant mon cœur est comprimé?
« Ton paisible sommeil, et ton jeune âge ignore
« Pourquoi de tant de faste ici je me décore;
« C'est pour te voir au rang des princes glorieux,
« Si la trop prompte mort ne ferme pas mes yeux.
« Qui me garantira cette chère espérance
« De pouvoir à loisir cultiver ton enfance?
« Ce doux soin m'eût été plus cher qu'un sceptre altier,
« Dors, ô de mes travaux innocent héritier!
« Dors, et puisse ta vie être longue et prospère,
« A l'abri, si je meurs, des palmes de ton père »!
Elle dépouille alors ton faisceau triomphant
D'un laurier dont sa main couronne son enfant.
De mille émotions le rapide passage
Eteint et rend le lustre aux fleurs de son visage;
Tantôt muette et sombre, et tantôt soupirant,
Enfin, près de son lit elle court en pleurant,
Et là : « Quelle souffrance inconnue et profonde!

« Vais-je mourir? que suis-je? et qu'étais-je en ce monde?
« Palais de mon époux! ah! jamais après moi
« N'accueille une autre femme aussi chère à sa foi »!
Sur sa couche, à ces mots, elle gémit penchée;
D'une source de pleurs à longs flots épanchée
L'arrose, et se levant, elle a trois fois erré
Du paisible berceau vers ce lit déploré;
Elle a couvert son fils de baisers pleins de larmes.
Ses femmes, autour d'elle, en de vives alarmes,
Tout bas se lamentaient, prodiguaient leurs secours;
Elle payait leurs pleurs en gracieux discours,
Leur souriait, tendait la main aux plus fidèles,
Et nommait sans orgueil la dernière d'entre elles;
Mais en les rassurant, en essuyant leurs yeux,
Mourante, elle semblait adresser des adieux,
Et les dons qu'à sa Cour partageait sa noblesse
D'un éternel départ annonçait la tristesse.
Néanmoins elle croit que trop d'étonnement
A pu produire en elle un court égarement,
Et, rassemblant le feu que son esprit lui donne,
Elle est prête, dit-elle, à marcher vers le trône.

BAUDOUIN.

Non, c'est trop m'exposer à de mortels regrets!
Non, plutôt de la pompe arrêtons les apprêts!
La couronne, à mon cœur moins chère que sa vie,
Vaut-elle qu'en victime elle marche asservie
A l'ordre fatigant de nos solennités?
Qu'elle cède à ses maux, non à ses vanités.
Comment m'a-t-elle pu déguiser son martyre?

Sur son front, dans ses yeux, ne sais-je donc plus lire?
Ah! si je la perdais, quels sceptres, quels états
Pourraient m'en consoler, me payer son trépas?...
Tel est d'un cœur épris la misère profonde,
S'il n'a plus ce qu'il aime, il n'a plus rien au monde!
Viens donc, viens chez Marie, et ne permettons pas....

## SCÈNE II.

LES MÊMES; AGLÉ, *femme de la Comtesse.*

AGLÉ.

Seigneur, l'Impératrice arrive sur mes pas ;
Mais, faible, défaillante, elle soutient à peine
Sa pourpre qui l'accable et son corps qu'elle traîne :
Trois fois évanouie en son riche appareil,
Ses yeux semblaient fermés par l'éternel sommeil;
Mais, ses forces, au gré d'imprudens artifices,
Renaissantes encor pour cacher ses supplices,
Elle s'est essayée à sortir de nos bras,
Elle marche, elle agit; mais redoutons, hélas!....
Elle entre! examinez son port et sa contrainte.

## SCÈNE III.

BAUDOUIN, HENRI, MARIE, *environnée de ses
femmes.*

MARIE.

O lumière du jour en mes yeux presque éteinte!
Vains apprêts!... ô d'un peuple importunes clameurs!

O France où je naquis! triste Grèce où je meurs!
Quel nuage est tombé sur ma vue obscurcie!

BAUDOUIN.

Repose en ton palais ta souffrance adoucie.

MARIE.

Ah! c'est toi.... mes regards déjà sont raffermis....
Mon cœur se reconnaît, et mes sens sont remis.

BAUDOUIN.

Souffre quelques retards à la cérémonie.
D'un effort dangereux ta faiblesse punie
Succomberait peut-être à l'appareil pompeux
De ce couronnement, objet de tous les vœux....

MARIE, *avec plus de force.*

Non, sans plus reculer, ceignons le diadême.
Un moment fait les rois, et les détruit de même.
Du favorable instant qui ne sait profiter
Longtemps au rang vulgaire est réduit à rester.
Le sceptre qu'aujourd'hui l'on t'offre en ces murailles,
Demain te coûterait peut-être des batailles....
Que diraient tes rivaux? qu'oseraient-ils vouloir?
Montferrat, d'un retard prompt à se prévaloir,
Soupçonnant quelque feinte en ma douleur trop vraie,
Du coup qu'on t'a porté dira que je m'effraie.
Non, ôtons-lui l'espoir d'arrêter ton dessein
Par l'attentat nouveau de quelque autre assassin.
Ah! je t'en fais l'aveu : de terreurs assiégée,
Tant de chocs m'ont surprise, et mon ame est changée.

Pour la première fois j'ai reconnu trop bien
Que la vie est un fil, qu'ici bas tout n'est rien.
Je commence à frémir que cette Athanasie
N'ait sur mes châtimens été bien éclaircie :
Car, au point où je suis, je dois te déclarer
Jusqu'où de ta grandeur l'amour put m'égarer.
Ton rival est trop juste en ce qu'il exécute ;
J'avais voulu sa mort pour écarter ta chute :
Celui qui t'a frappé, ce même scélérat
M'avait d'abord vendu le sang de Montferrat.
Sa crainte, ou son remords le rendant à son maître,
Je me suis fait trahir en me servant d'un traître.
Juge de quelle horreur a tressailli mon sein,
Quand j'ai vu ce même homme assis à ton festin !

BAUDOUIN.

Dieu ! grand Dieu !... contre toi reste-t-il quelque indice ?..

MARIE.

Non, je n'ai pas du moins cet affront pour supplice.
Le monde ignorera quel remords m'a coûté
L'ambitieux amour de ton autorité.

BAUDOUIN.

Malheureuse ! à jamais cache un si noir mystère.
Mais si ton attentat n'est connu de la terre,
Le peux-tu dérober à tes propres regards,
Non plus qu'à l'œil de Dieu, veillant de toutes parts ?
Plus terrible pour nous que les lois solennelles,
La conscience parle aux ames criminelles ;

Ce témoin, qui poursuit le pervers en tous lieux,
Lui fait rougir le front, lui fait baisser les yeux :
Si le plus hardi tremble à son secret langage,
Comment de ton forfait soutiendras-tu l'image?
Pourquoi m'enlevas-tu par ton égarement
Ton innocent honneur, précieux ornement,
A mes yeux préférable aux droits d'une couronne?
L'amour m'aveugle trop, puisque je te pardonne!
Mais dis-moi, pourras-tu te consoler jamais
D'avoir souillé d'un crime un cœur que j'estimais?

MARIE.

Ah! d'un soin généreux déguise au moins ma honte.
Protége ma fierté sur le trône où je monte.
Maintenant, je ne sais, tous mes sens interdits
Frémissent des revers qu'on m'a tantôt prédits.
Ne l'annonça-t-on pas qu'une même journée
Me verrait expirante à peine couronnée?....
Ces sublimes esprits, dont les cieux souverains
Protégent la retraite au-dessus des humains,
Dont l'œil domine au loin, dont plane la pensée
Sur les temps, les grandeurs et la foule insensée,
Qui semblent parmi nous des anges épurés,
Des chaînes de la terre esclaves délivrés,
Négligeant leur dépouille aux besoins asservie,
Goûtant avant la mort leur immortelle vie,
Inspirés dans les nuits, éclairés sous la croix,
Sont peut-être informés des grands périls des rois;
Et le Dieu médité que leurs ferveurs adorent
Leur dit ce que des cours les ministres ignorent

Peut-être qu'aux lueurs de sinistres flambeaux,
D'avance à leurs regards s'entr'ouvrent nos tombeaux.

BAUDOUIN.

Ah! si d'un tel effroi ton ame est contristée,
Que la couronne au loin soit de toi rejetée.
Le moment presse, ordonne; et pour te conserver,
Je suspends le concours que j'entends arriver;
Heureux en te prouvant que mon ame est jalouse
Moins d'un empire entier que des jours d'une épouse!

MARIE.

Que me proposes-tu? que je cède à la peur
D'un péril incertain, d'une triste vapeur!
Quoi donc? et ta compagne, aujourd'hui méprisée,
De tes camps et des Grecs deviendrait la risée!
(*Le voile qui cachait le fond de la scène se lève.*)
Vois-tu le sanctuaire enfin se découvrir,
La multitude entrer et le trône s'offrir?....
Ce spectacle me rend l'espoir et le courage!
Ah! régnons! oublions tout malheureux présage!
Ne songeons plus tous deux qu'au fortuné moment
Qui montre à l'univers notre couronnement.

## SCÈNE IV.

MARIE, BAUDOUIN, *sur le devant de la scène;*
DANDOLO et son guide (*se plaçant debout près
du trône*); chevaliers chrétiens, le patriarche grec
*entouré de* cardinaux *et d'*évêques; foule de grecs et
de soldats.

### DANDOLO.

O Grecs! c'est par ma voix que le Dieu des armées,
Nos trois camps, et l'Église, et les villes charmées
Offrent à Baudouin pour prix de ses succès
Le royaume nouveau fondé par les Français.
Pour mon amitié tendre un si doux ministère
M'oblige à lui donner le conseil salutaire
De se montrer en tout clairvoyant pour la loi,
Mais au terrestre éclat aveugle comme moi.
Le peuple en cet espoir sur le trône l'appelle.
  (*Baudouin marche avec Marie vers le trône.*)

### MARIE *à Baudouin.*

Ma force en te suivant déjà se renouvelle,
Et l'excès de l'honneur où je me sens lier,
S'il n'a guéri mes maux, me les fait oublier.

### BAUDOUIN *sur le trône avec Marie.*

Recevez mes sermens, ô peuples de Bysance,
Vous, dignes alliés, et vous, preux de la France,
Vous tous, héros chrétiens, rangés sous le drapeau
Qui d'un Dieu mort pour nous, va couvrir le tombeau;

Vous enfin, noble Doge, appui de ma jeunesse,
Fier d'avoir triomphé des tyrans de la Grèce,
Et d'être, en abattant leur pouvoir destructeur,
Moins le vainqueur des Grecs, que leur libérateur;
Je jure par le prix de ma conquête auguste
De conquérir les cœurs; c'est jurer d'être juste.
J'ose donc recevoir ce sceptre et ce bandeau,
Des zélés souverains honorable fardeau.

> *(Il se courbe, et le patriarche grec lui pose la cou-*
> *ronne sur la tête.)*

Ayez part à ma gloire, ô mon épouse illustre!

> *(Il prend une couronne déposée sur un autel voisin du*
> *trône. — Marie se lève tremblante, et s'agenouille*
> *devant lui. Il lui attache le bandeau impérial.*

Qu'une douce vertu soit votre plus beau lustre....
Tu parais chanceler.... tu changes de couleur....

MARIE.

Un feu secret me ronge.... ô brûlante douleur!
Tiens, tiens, regarde entrer.....

BAUDOUIN.

> Dieu!.... c'est Athanasie!

## SCÈNE V.

LES PRÉCÉDENS, ATHANASIE *s'élançant au milieu de*<br>*la foule.*

MARIE *épouvantée.*

La mort vient avec elle et m'a déjà saisie.

ATHANASIE.

O désastre!.... le Dieu qui m'a conduite à vous
Sur cette impératrice a porté ses grands coups;
Ce Dieu, ce roi des rois, l'appelle en son royaume,
Et vous ne couronnez qu'une ombre, qu'un fantôme.
D'une telle splendeur que servît d'embellir
Celle qu'un noir linceul est près d'ensevelir!
La victime est parée, elle se croit heureuse......
O d'un empoisonneur vengeance trop affreuse!
Hélas! quand j'ai de Dieu prédit le châtiment,
J'ignorais qu'il choisît ce cruel instrument;
J'entrevoyais sa perte au travers d'un nuage,
Sauvez-la des effets d'un horrible breuvage....
Mais non, rien n'éteindra ce venin dévorant,
L'homicide l'a dit lui-même en expirant.

BAUDOUIN.

Que nous apprenez-vous?

MARIE.

Soutenez ma faiblesse.

ATHANASIE.

Sur mon sein consolant souffrez que je vous presse.

MARIE.

Chrétienne sainte, approche.... ah! prête à succomber
Du trône en quel abîme, hélas! vais-je tomber?....

BAUDOUIN.

Ne m'abandonne pas! que plutôt je périsse!

DANDOLO.

Vivez pour tous!

HENRI.

Vivez, auguste Impératrice!

ATHANASIE, *avec compassion.*

Ma sœur, n'écoutez pas ces titres superflus :
Oubliez vos grands noms, et n'y répondez plus.
L'homme dont Baudouin fut près d'être victime,
Blessé d'un fer mortel, tourmenté de son crime,
Venant mourir au temple, où l'ont trouvé mes pas,
A fait l'aveu public de tous ses attentats.
Votre époux dut la vie au hasard d'une absence,
En quittant un festin où s'assit la vengeance :
Vous seule, infortunée, avez bu le poison
Qu'avait su pour vous deux verser la trahison.
Nul remède, a-t-il dit, quelque soin qu'on lui donne....

BAUDOUIN.

O crime !...

MARIE.

De mon front ôtez cette couronne....
Bandeau qui m'inspiras le trop coupable orgueil,
Dont me punit le coup qui m'envoie au cercueil,
Loin, loin, bandeau trompeur! loin de moi, pourpre vain·
Tombez mes ornemens! je vous quitte sans peine....
Mais combien il m'en coûte.... après ce que je fis....
De perdre avec le jour mon époux et mon fils....
Ma pompe est hors de moi.... ce n'est pas ce que j'aime....
Mais mon fils, mon époux, sont des parts de moi-même!

Rompre tant de liens est un si triste effort,
Que je crois en mourant sentir trois fois la mort!

ATHANASIE.

Ah! reprenez la force, à votre heure dernière,
De remplir le devoir dont vous étiez si fière!
Et ne pouvant donner, au gré de vos projets,
L'exemple d'une vie utile à vos sujets,
Donnez à l'univers, en courageux modèle
L'exemple d'une mort qui vous rende immortelle;
Faites de votre chute un spectacle si grand,
Qu'il frappe tout superbe ébloui de son rang;
Et bénissez mon Dieu, puisqu'il vous a choisie
Pour éclairer la terre au prix de votre vie.

MARIE.

Reçois mon dernier vœu, cher époux!...

BAUDOUIN.

Je frémis....

MARIE.

Aux volontés des morts on doit être soumis.

BAUDOUIN.

Que me dis-tu?....

MARIE.

Toujours souviens-toi de Marie.

BAUDOUIN.

Qui me consolerait?....

MARIE.

Les morts, on les oublie.

5

Ah! que me reste-il de tant d'honneurs rendus!...
Un linceul!... un linceul.....

BAUDOUIN, *avec l'accent du plus profond désespoir.*

Ses sens sont-ils perdus!....
La pleure-t-on déjà? quoi!.... quel triste silence!....
Déplorable empereur, qu'est-ce que ma puissance?
Cette femme qui meurt, que je dois tant aimer,
Elle respire encor, je la veux ranimer;
Qui de vous aiderait mes efforts inutiles?
Amis, sujets, soldats, vos secours sont stériles:
Votre zèle, soumis à mes commandemens,
Ne peut-il que gémir de mes gémissemens?

ATHANASIE *au peuple.*

L'homme donne la mort, et Dieu seul rend la vie.

BAUDOUIN, *avec véhémence.*

Eh! quel autre sauveur faut-il donc que je prie?
Tournons donc vers Dieu seul nos cœurs religieux.
Conserve de ta main l'ouvrage précieux:
Faut-il, pour apaiser ta colère vengée,
Qu'en un lugubre deuil ma pourpre soit changée?
Tu l'assis en ce trône.... ah! veux-tu l'en bannir,
Pour y montrer son spectre à notre souvenir?
Pour que toujours sa gloire, objet d'un court hommage,
Y laisse de sa mort la pâle et froide image?
Grâce ô Dieu paternel! grâce ô Dieu de bonté!
Tout s'abaisse à genoux devant ta majesté,

Tes prêtres, nos guerriers, et tout un peuple en larmes,
Et son empereur même, époux rempli d'alarmes.
   (*Il se prosterne, et la foule suit son exemple,*
    *Dandolo, seul étranger à ce mouvement, et*
    *Athanasie, restent debout.*)
Qu'elle vive! suspends tes arrêts absolus.

**ATHANASIE.**

Votre prière est vaine, elle n'est déjà plus.
   (*Elle lui couvre le visage d'un voile.*)

**BAUDOUIN.**

Ciel!.... et je vis!

**ATHANASIE.**

  Quel coup pour une ame si tendre!

**DANDOLO.**

Hélas! je n'entends point ses sanglots se répandre!
Combien doit l'opprimer sa muette douleur!
Baudouin, opposez la constance au malheur :
Je me peins vos tourmens; l'excès en est horrible
Mais lorsque, sur ces bords la guerre si terrible
Trancha tant de destins condamnés à vos coups,
Combien le même deuil affligea-t-il d'époux!
Ces vulgaires mortels ont vaincu leur misère,
Ferez-vous moins, ô vous, monarque sur la terre?

**ATHANASIE.**

Il ne voit, ni n'entend : sa stupeur l'a glacé
Non moins que cet objet à ses yeux terrassé.
D'un coup si peu prévu la trop soudaine atteinte
Lui ravit la raison, étouffe en lui la plainte.

O leçon mémorable! ici contemplons tous
Le terme des grandeurs dont nous fûmes jaloux.
Sous ce trône brillant s'ouvre la tombe obscure;
A tant d'honneurs détruits donnons la sépulture.
Cesse tes chants, Bysance, et pousse des clameurs!
Tu vas voir, non sortir un char orné de fleurs,
Mais un char funéraire, où ce prince lui même,
D'un crêpe enveloppant son triste diadême,
A ses côtés bientôt traînera, plein d'ennui,
Son épouse expirée et moins pâle que lui.
Si pour quelque rival son sceptre a de vains charmes,
Qu'il vienne à son passage, et rejetant ses armes,
Témoin de ce néant, il craindra d'acheter
De faux biens par le meurtre, et de s'ensanglanter.
Moi, qu'instruisent encor ces noires funérailles,
Gardant ma solitude au sein de vos murailles,
Sans regrets je retourne en mon exil pieux,
M'éloigner de la terre, et méditer les cieux.


FIN DU TROISIÈME ET DERNIER ACTE.

# AVIS.

La pièce de Baudouin est imprimée telle que je l'avais disposée pour la représentation : un auteur qui offrirait sur la scène un ouvrage dont il se défierait trop lui-même, respecterait peu le public. J'avouerai donc sincèrement l'espoir que j'ai conçu de mes efforts pour que cette tragédie plaise à mes juges. Sa marche est aussi grave que le sujet en est sévère : mais je suis convaincu que l'étendue des développemens, moins éclatante que les coups de théâtre, pénètre les spectateurs d'un souvenir plus durable, et que des bonds précipités ne sont pas souvent dignes du Cothurne. Il ne faut point hâter les scènes, ni brusquer l'intérêt, lorsqu'on tend à laisser dans l'ame un sentiment profond.

On a pu remarquer que, dans tous les arts, c'est la régularité simple, les lignes soutenues et les mouvemens rares qui en embellissent les compositions ; et que c'est de la lenteur même des cérémonies que résulte leur noblesse imposante. Corneille nous a appris qu'une sorte de majesté tranquille, et la hauteur des pensées et des caractères, font, plus que tout, durer les ouvrages d'un grand ordre. Les anciens étaient si pleins de ce principe, que souvent ils ajoutaient à la magnificence de leurs tragédies en suspendant l'action, sans la refroidir, pour faire plus longtemps planer sur elle l'admiration, la terreur, ou la pitié.

J'ose présager que si quelque jour une actrice habile sait jouer dignement le rôle de l'ambitieuse Marie, on sera frappé de l'effet théâtral que produira le contraste de son ivresse dans la prospérité et de son renversement douloureux, lorsqu'à l'apparition de la Sainte au milieu du concours, elle s'écrie avec effroi :

La mort vient avec elle, et m'a déjà saisie.

Ce serait, je crois, un beau spectacle au dénouement que la présence de l'imperturbable Dandolo, et de la pieuse Athanasie, en opposition avec le désespoir de Baudouin qui perd tout ce qu'il aime ; l'un, image d'une haute politique au-dessus des trônes de la terre, et l'autre, d'une foi qui habite déjà le ciel en idée. Il est reconnu que si les passions élevées ne sont pas celles de tous les hommes, c'est pourtant leur sublimité qu'ils admirent le plus.

L'amour de l'art que j'exerce m'a fait regretter, en retirant cette tragédie, d'être privé de la leçon du public assemblé, dont le blâme ou l'applaudissement instruit mieux un poëte dramatique que tous les préceptes littéraires, et lui révèle en un instant des secrets qu'une longue étude ne peut lui apprendre : ce n'est qu'en courant le risque des revers au théâtre qu'on parvient à l'expérience qui assure des succès mérités.

# ERRATA.

Page 16, vers huit, je la réunirais; *lisez* : je la ruinerais.

FFETS de Linge et Chauss.<sup>re</sup>, de petit Équip.<sup>t</sup> et d'Écurie, dont l'Homme
est pourvu pendant l'an         et qu'il doit emporter s'il change de Comp.<sup>ie</sup>

| Numéros des Effets. | Quantités. | EFFETS que doit avoir un S.-Officier ou Chasseur. | DATES de LA RÉCEPTION des Effets. | AN ÉPOQUES des Revues et Quantités. | | | |
|---|---|---|---|---|---|---|---|
| | | | | I<sup>er</sup> trim | 2<sup>e</sup> trim | 3<sup>e</sup> trim | 3<sup>e</sup> trim |
| | 2 | Musettes. . . . . . . . | | | | | |
| | 1 | Étrille. . . . . . . . . | | | | | |
| | 1 | Brosse. . . . . . . . | | | | | |
| | 1 | Peigne. . . . . . . . | | | | | |
| | 1 | Éponge. . . . . . . . | | | | | |
| | 1 | Paire de Ciseaux. . . . | | | | | |
| | 1 | Sac à avoine. . . . . . | | | | | |
| | 2 | Cordes à fourrage. . . | | | | | |
| | 3 | Chemises. . . . . . . | | | | | |
| | 2 | Cravates noires. . . . . | | | | | |
| | 2 | Serre - Têtes. . . . . . | | | | | |
| | 1 | Paire de Gants. . . . . | | | | | |
| | 1 | Plumet. . . . . . . . | | | | | |
| | 1 | Brosse à habit. . . . . | | | | | |
| | 1 | Brosse à cuivre. . . . . | | | | | |
| | 2 | Décrottoires. . . . . . | | | | | |
| | 1 | Boîte à graisse. . . . . | | | | | |
| | 1 | Trousse garnie. . . . . | | | | | |
| | 1 | Alène. . . . . . . . . | | | | | |
| | 1 | Tourne-vis. . . . . . . | | | | | |
| | 1 | Tire - bourre. . . . . . | | | | | |
| | 1 | Astique pour la giberne. | | | | | |
| | 1 | Brosse à cire pour la gib. | | | | | |
| | 1 | Patience pour nett. les bout. | | | | | |
| | 1 | Cocarde. . . . . . . . | | | | | |
| | 2 | Culottes. . . . . . . . | | | | | |
| | 2 | Paires de Bottes. . . . | | | | | |
| | 1 | Paire de Souliers. . . . | | | | | |
| | 2 | Paires de demi-Bas. . . | | | | | |

www.ingramcontent.com/pod-product-compliance
Ingram Content Group UK Ltd.
Pitfield, Milton Keynes, MK11 3LW, UK
UKHW021529080726
13613UKWH00008B/1214